Mi gran libro de las **fábulas** de *La Fontaine*

LAROUSSE

Mi gran libro de las **fábulas** de *La Fontaine*

Índice

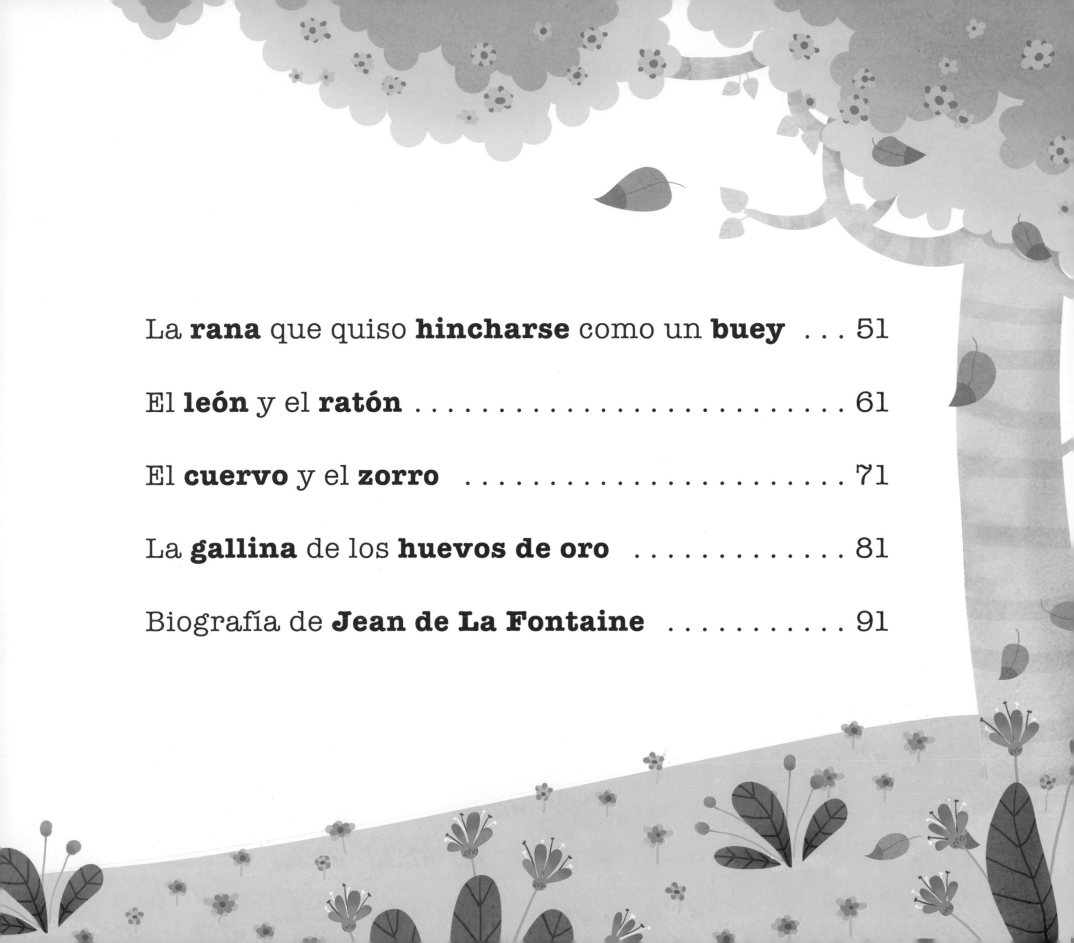

La **cigarra** y la **hormiga**

Ilustraciones:
Alain Boyer

La **cigarra**, habiendo cantado
todo el **verano,**

se halló **carente** de provisiones cuando
el viento del invierno comenzó a soplar:

ni un solo pequeño trozo
de mosca ni de gusano.

Hambrienta,
fue a rogar

a casa de su vecina, la **hormiga**, implorándole que le prestara algo de grano para **subsistir** hasta la siguiente estación.

—Te lo pagaré con intereses —suplicó la cigarra—,

antes del mes de agosto,

¡palabra de animal!

Pero la hormiga no es prestamista:
ése es su menor defecto.

—¿Pues qué **estuviste** haciendo durante el buen tiempo? —preguntó la hormiga a la prest**ataria**.

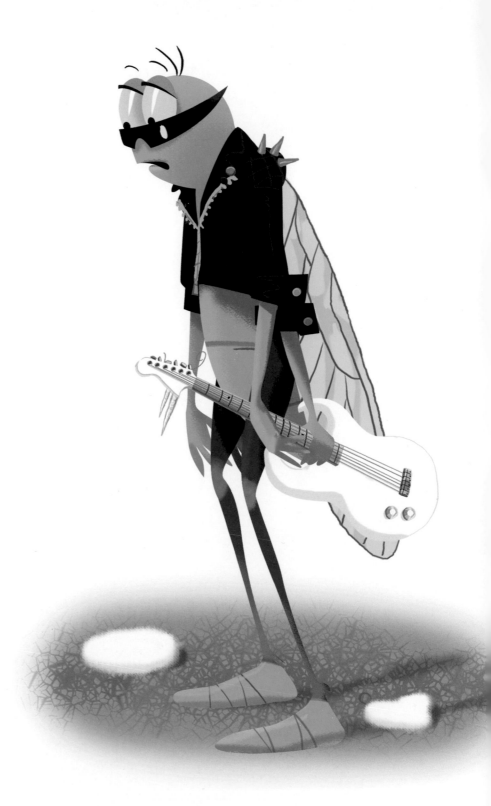

—¡No deseo hacerla enojar! —respondió la cigarra—,
pero noche y día le cantaba
a cualquier **visi**t**ante**.

—¿Cantabas?, me parece bien:
¡ahora, **baila entonces**!

Fin

El lobo y el cordero

Ilustraciones:
Romain Guyard

El argumento del más **fuerte** es siempre el mejor:
lo demostraremos a continuación.

Un cordero se refrescaba
a las orillas de un riachuelo
de agua pura.

Aconteció que un lobo en ayunas, en busca
de aventuras, se acercó atraído
por el **hambre.**
—¿Cómo te atreves a enturbiar mi agua?
—dijo el animal lleno de **rabia**—.
¡Serás **castigado** por tu insolencia!

—Mi señor —respondió el cordero—, no se **irrite**;
considere mejor que me estoy refrescando
a **veinte pasos** de esta corriente
y que, por consiguiente, de ninguna manera
puedo enturbiar su agua.

—La enturbias —gritó la cruel bestia—.
Y sé que el año pasado **hablaste mal** de mí.
—¿Cómo pude haberlo hecho si todavía no había nacido?
—contestó el cordero—; no estoy destetado
todavía.

—Si no eres tú, entonces es tu hermano.

—No tengo ningún hermano.

—Pues seguramente alguno de los tuyos porque no me respetan para nada, ni ustedes ni sus pastores ni sus perros. Me lo han dicho y tengo que vengarme.

Justo en ese momento, el lobo tomó al cordero
y lo llevó al **fondo** del bosque,
dónde se lo **comió**,
sin ninguna otra forma de justicia.

28

Fin

La **rata de ciudad** y la **rata de campo**

Ilustraciones:
Mathieu Maillefer

Cierto día, la rata de ciudad invitó muy cortésmente a la rata de campo a compartir un suculento festín.

El **banquete** se encontraba servido
sobre un refinado tapete turco.

¡Imagínate la buena vida
que llevaban **estos dos amigos!**

El placer era evidente,
al festín no le hacía falta nada.
Pero, de repente, mientras disfrutaban,
alguien irrumpió en la fiesta.

34

Escucharon un ruido
en la puerta del cuarto donde se encontraban:

La rata de ciudad se echó
a correr y su amigo la siguió.

El ruido cesó: ambas ratas **marcharon** de regreso.

La rata citadina dijo:
—Terminemos nuestra comida.

—¡Ya tuve **suficiente!** —exclamó la rata rústica—, mañana tú vienes a comer a mi casa. No es que no agradezca tu amable invitación a tus **festines** de **rey,**

pero en mi casa, nadie viene a interrumpirme, y como con tranquilidad. Adiós, pues. Es una lástima que el temor pueda estropear el placer.

Fin

La **liebre** y la **tortuga**

Ilustraciones:
Jocelyn Millet

De nada sirve correr; lo que conviene
es partir a tiempo.

La liebre y la tortuga son testigos de ello.

—¿Cuánto apuestas —dijo la tortuga—
a que no llegarás a la meta antes que yo?
—¿Antes que tú?, ¿estás loca?
—contestó el ligero animal—.

Mi amiga, necesitarás purgarte
con cuatro semillas de eléboro para lograrlo.
—Loca o no, mi apuesta sigue en pie.

Y así **fue** que ambas sellaron la apuesta.

Pusieron junto a la línea de meta lo **apostado**.

Saber lo que era no es nuestro asunto ni tampoco quién

fue el juez de la carrera.

Nuestra liebre no necesitaba más que
dar cuatro saltos para llegar a la meta.
Me refiero al tipo de saltos que da cuando los perros
la persiguen de cerca, ésos con los que se aleja
y los hace morder el polvo.

Así, con **tiempo**
de **sobra**
para comer,

para **dormir** y para **escuchar**
la procedencia del **viento**, la liebre
deja que la tortuga se vaya a paso
de **anciano sabio**.

La tortuga parte, se esfuerza y
se apresura con mucha lentitud.

La liebre, por su parte, desprecia tan sencilla victoria, considera que el reto no representa ninguna gloria y cree que para conservar su honor debe partir tarde. Come un poco de hierba, descansa y se entretiene con cualquier cosa menos en la apuesta.

Al final, cuando ve que su rival está a punto de tocar la línea de meta, parte como un rayo; pero todo su esfuerzo es en vano: la tortuga llega primero.

—¡Y bien! —gritó la tortuga—, ¿acaso no tenía yo razón?

¿De qué te sirve tu velocidad? ¡Vencida por mí!

¿Qué sería de ti si llevaras tu casa a cuestas?

Fin

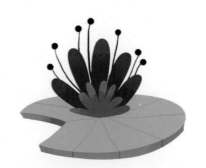

La **rana** que quiso **hincharse** como un **buey**

Ilustraciones:
Élodie Bossrez

Una rana vio a un buey
y le pareció que tenía un buen
tamaño.

Ella, que no era más **corpulenta** que un huevo,
intentó, envidiosa, extenderse e hincharse, y trabajó
para lograr igualar el tamaño del **fornido** animal.
—Mira con atención, hermana —dijo la rana—,
¿ya casi?, dime; ¿todavía no alcanzo su tamaño?

—No.

—¿Y ahora?

—Para nada.

—¿Ahora sí?

—No te acercas ni tantito.

Al final, la pretenciosa y enclenque rana se hinchó tanto que reventó.

56

El mundo está repleto de personas
que no son más sabias que la rana:
todo burgués quiere labrarse
una fortuna como los grandes
señores,

todo pequeño príncipe tiene a sus embajadores,
y todo marqués desea tener sus propios pajes.

Fin

El león y el ratón

Ilustraciones:
Prisca le Tandé

En la medida que nos sea posible, debemos ayudar a todo el mundo: con frecuencia necesitamos de alguien más pequeño que nosotros.

Un ratoncito que salía un poco aturdido de su madriguera se encontró entre las patas de un león.

El rey de los animales,
en esta ocasión, se portó a la altura de su posición
y le perdonó la **vida**.

Esta **buena acción**
no fue en vano.

¿Quién hubiera **pensado**
que un león necesitaría de un ratón?

Sin embargo, sucedió que **saliendo** del bosque, el león quedó atrapado en una red, la cual ni siquiera sus fuertes **rugidos** pudieron deshacer.

El señor ratón se **preci**pitó en su ayuda y mordisqueó tanto con los dientes, que el amarre roído se hizo cargo del resto.

La paciencia y el tiempo
hacen más que la fuerza y la violencia.

Fin

El **cuervo** y el **zorro**

Ilustraciones:
Prisca Le Tandé

El señor cuervo estaba posado en un árbol, sosteniendo un queso en su pico.

El señor zorro, atraído por el olor,
le dijo más o menos lo siguiente:

—Buenos días, señor cuervo. ¡Qué bello es usted!, ¡lo encuentro realmente hermoso! No miento cuando digo que si su canto corresponde a su divino plumaje, usted es el fénix entre todos los huéspedes de este bosque.

Habiendo escuchado estas palabras, el cuervo no cabía
en sí del gozo y para hacer alarde de su bella voz,
abrió grande **el pico** y dejó caer el queso.

El zorro lo sostuvo y dijo: —señor mío,
aprenda que todo adulador vive a expensas
de quien lo escucha, sin duda alguna,
esta conveniente lección bien vale un queso.

El cuervo, **avergonzado** y **confundido**, juró, aunque un poco tarde, que no caería más en esta trampa.

Fin

La **gallina** de los huevos de oro

Ilustraciones:
Romain Guyard

Este relato da testimonio de una gallina que todos los días ponía un huevo de oro.

El granjero pensó que dentro del cuerpo de la gallina había un tesoro.

La **mató,** le abrió la panza y encontró que
por dentro la gallina de los huevos de oro era igual
a las que ponen huevos normales.
Él mismo se había despojado de su más preciado bien.

¡Ésta es una excelente lección
para los **tacaños!**

¡Muchas personas han perdido todos sus bienes
y se han vuelto PObres de la noche a la mañana
por querer enriquecerse al instante!

Fin

Biografía de Jean de La Fontaine

Las **Fábulas** de La Fontaine siguen siendo profundas
pues nos muestran un lienzo de animales y aventuras.
Pero antes, un dato suyo: él nació en Picardie,
el 8 de julio de 1621 en Château-Thierry.

En 1668 publicó
su primera colección de **Fábulas**,
relatos cortos que escribió
para educar con historias fantásticas.

Sus cuentos nunca envejecen;
traen a escena a muchos personajes,
lindos cuadros, bellos paisajes
y lecciones que engrandecen.

El autor aprovecha sus narraciones
para revelar lo que hay en los corazones:
los defectos de enemigos y aliados,
la parte injusta y cruel de los seres humanos.

En el mundo que el poderoso regía,
sólo la astucia permitía invertir la jerarquía.
Así, nos enseña que lo que no se puede cambiar
es algo a lo que, sabiamente, nos debemos adaptar.

ILUSTRACIONES

Élodie Bossrez
"La rana que quiso hincharse como un buey"

Alain Boyer
"La cigarra y la hormiga" y logo La Fontaine

Romain Guyard
"El lobo y el cordero" y "La gallina de los huevos de oro"

Prisca Le Tandé
"El león y el ratón" y "El cuervo y el zorro"

Mathieu Maillefer
"La rata de ciudad y la rata de campo"

Jocelun Millet
"La liebre y la tortuga"

EDICIÓN ORIGINAL

Dirección de la publicación
Isabelle Jeuge-Maynart
Ghislaine Stora

Dirección editorial
Stéphanie Auvergna
Florence Pierron-Boursot

Edición
Claire Tenailleau, asistida por
Leslie-Fleur Picardat

Responsable artístico
Laurent Carré, assitido por
Hortense Bedouelle

Maquetación
Olivier Débuit

Fabricación
Rebecca Dubois

Título original
Mon grand livre des fables de La Fontaine

© Larousse 2015
21 Rue du Montparnasse,
75006 París

EDICIÓN EN ESPAÑOL

Dirección editorial
Tomás García Cerezo

Gerencia editorial
Jorge Ramírez Chávez

Coordinación editorial
Graciela Iniestra Ramírez

Edición técnica
Alejandro Serrano Calzado
Marco Antonio Vergara Salgado

D.R y © MMXVI Ediciones Larousse, S.A. de C.V.
Renacimiento 180, Col. San Juan Tlihuaca,
Delegación Azcapotzalco,
Ciudad de México, 02400.

ISBN
978-2-03-591632-7 (Larousse Francia)
978-607-21-1552-1 (Larousse México)

PRIMERA EDICIÓN, julio de 2016

Impreso en México – *Printed in Mexico*

Esta obra se terminó de imprimir en Julio de 2016
en los talleres de Litográfia Gil, S.A.
Calle Tolteca No. 169, Col.San Pedro de los Pinos,
Del. Alvaro Obregón, C.P. 01180, México,
Cuidad de México.